W0215220

© Lulú Pecas
© 2011, Medialive Content, S. L.
Travessera de Gràcia, 73-79, 1º 1ª
08006 Barcelona
www.medialivecontent.com

1.ª edición: Septiembre de 2011
Depósito legal: B-29.944-2011
ISBN: 978-84-15239-71-0
Diseño: Patimpatam
Ilustraciones: Toni Mena
Impreso y encuadernado en España

Todos los derechos reservados.
Queda rigurosamente prohibida, sin la autorización escrita de los titulares del copyright, bajo las sanciones establecidas en las leyes, la reproducción total o parcial de esta obra por cualquier medio o procedimiento, comprendidos la reprografía y el tratamiento informático, y la distribución de ejemplares de ella mediante alquiler o préstamo público.

Lulú Pecas

Y SU SUPEREQUIPO

CLIC
EDICIONES

1.
La reina del mundo

¡Hola! Me llamo Lulú Pecas y acabo de cumplir ocho añazos. Y, para celebrarlo, di una superfiesta de cumpleaños que moló un montón y me hicieron muchos muchísimos regalos.

Este curso he empezado a ir a un cole nuevo. La verdad es que en el cole viejo yo estaba tan a gustito, pero al plasta, o séase, a mi hermano pequeño, Quique, se le ocurrió nacer y las cosas cambiaron mucho pero que mucho muchísimo. Tanto cambiaron, que cambiamos hasta de casa. Ahora vivimos a dieciséis escalones de la abu. Eso es guay, porque no sólo estoy más cerca de la abu, sino de sus macarrones. Y es que la abu hace unos macarrones que están ***de repuchete****.

Y es que cambiar de cole es un poco chungo, pero sólo al principio. Luego ves que no pasa nada de nada. Al contrario: conoces a nuevos amigos amiguísimos, como Martita y Ringo, y tienes una nueva seño superchula, como la seño Lidia, que es ésta:

Y, además, y no lo digo para presumir, mis superamigos amiguísimos y yo descubrimos un

SECRETO SECRETÍSIMO que se escondía en el despacho de la dire, y nos convertimos en unos héroes ***de lomo y tomo****.

Yo, Lulú Pecas, más que *«la nueva»*, soy

la reina de mi cole nuevo.

¡Ja!, coles nuevos a mí…

2.
La competencia

Bueno, a lo que íbamos. Resulta que este sábado se va a celebrar en el barrio una olimpiada escolar.

Lo ponía en un papel que me dio un chico con churros en la cabeza y que iba sobre patines repartiendo papelitos a todo el mundo.

Ponía:

ESTE SÁBADO...
GRAN OLIMPIADA
ESCOLAR organizada por
Almacenes El Patito
Ven a participar con tus compañeros de clase y llévate un magnífico ordenador y un lote de libros para tu escuela.
Todo por gentileza de
Almacenes El Patito

«¡Carambola!

—pensé yo cuando acabé de leer el papel—, eso sí que es superinteresante, porque si —continué pensando, que ya sabéis que una servidora es de mucho pensar— voy y gano un ordenador y un ***pelotón**** de LIBROS para el cole, ya no voy a ser una *heroína* sino *la prota, la niña más famosilla del cole.»*

Me detuve con el papel en la mano y los ojos mirando al cielo para pensar mejor.

«**¡Sí!**, y *Rosi Lasecre*, cuando me vea llegar, saldrá de detrás de su ventanilla de cristal y pondrá una alfombra roja en el suelo para que no me manche los zapatos de barro. Y la seño... **¡uy, la señooo!**, hasta me dará una llave de la clase para que pueda entrar y salir cuando me dé la gana. Y los niños me pedirán ***autrógafos**** y...»

Bueno, pensé muchas más cosas. Pensé hasta que llegué a casa. ¡Buf!. casi me salía humo de la cabeza de tanto pensar.

Cogí el teléfono y llamé a Martita.

Le leí lo que ponía en el papel y le conté lo de los ***autrógrafos****, y lo de la alfombra, y Martita también se puso de los nervios y colgó para telefonear a Ringo y explicárselo todo.

¡Qué bonita fue aquella noche! Soñé con el ordenador, y también con el ***pelotón**** de LIBROS, y... ¡ay, para qué os voy a contar...!

Pero como en esta vida no todo es de color de rosa, que ya lo dice la abu, «Ojito, Lulú, que en esta vida no todo es de color de rosa», a la mañana siguiente, sólo entrar en la clase, tuve ***un disgusto de muy padre mío****: **la Tiesa y las gemelas** también tenían uno de esos papeles en sus manos y se sonreían enseñando los dientes.

¡Ja!, segurísimo que **la Tiesa** estaba imaginando que si ella ganaba la **OLIMPIADA** se convertiría en **la Supertiesa**, y que *Rosi Lasecre* le pondría una alfombra roja cuando entrara para que no se ensuciara los zapatos de barro y… etcétera.

O sea, que no iba a ser tan fácil ganar como yo pensaba. Eso, según Martita, que sabe un montón de cosas, se llama **competencia**. Y se ve que en todos los concursos y deportes y cosas así hay mucha **competencia**. Y si no te gusta la **competencia**, pues no participas y punto.

Pero a mí no me da ni pizca de miedo la **competencia**, porque si la Tiesa va a ir a la OLIMPIADA con las gemelas, Susana y Carlota, o Carlota y Susana, que viene a ser lo mismo, yo voy a ir con un EQUIPO que es el mejor EQUIPO del mundo.

Aquí tenéis a mi EQUIPO.

¿Que dónde? Pues aquí,
en esta foto que nos hemos
hecho para poder
participar:

La del medio soy yo, el niño es Ringo y la niña que guiña el ojo es Martita.

¿A que hemos salido

superguapos?

3.
Una... ¿olimpiada?

Pero no os vayáis a creer que eso de ir a una OLIMPIADA está chupado.

¡Nooo!

Eso lo empezamos a descubrir enseguida. Os cuento.

Estábamos en el patio tan tranquilos, Ringo comiéndose su bocata de chorizo, Martita sus galletitas de chocolate y yo mi sándwich de queso. Así:

Y entonces Ringo preguntó:

—¿Y se puede saber qué es eso de la OLIMPIADA ESCOLAR?

Y dejamos de estar tranquilos enseguida.

Ringo y yo nos quedamos mirando a Martita como si fuésemos a agujerearla con los ojos. Ella hizo **¡glups!**, se tragó media galletita entera y dijo:

—Buenooo... pues es una **competición**..., es algo en lo que compites. ¡Unas pruebas!

—**¿Unas pruebas de qué?** —saltó Ringo como un muelle—. No serán de mates, ¿no? ¿De dibujo? Es que si son de mates o de dibujo ya la hemos fastidiado.

—No, no... —dijo Martita—. Son otra clase de pruebas.

—¿De sociales? —pregunté yo muerta de miedo, porque las sociales se me dan fatal total.

—No, no... Son unas pruebas... diferentes.

—¡Ahhh! —dijimos Ringo y yo a la vez.

Pero, entonces, Martita abrió mucho los ojos y dijo:

—¿Y por qué no lo buscamos esta tarde en Internet?

Y así fue como por la tarde, al salir del cole nuevo, Ringo y Martita vinieron a mi casa para ver en Internet qué demonios era una

OLIMPIADA ESCOLAR.

4. El ordenador de papá

Mamá abrió la puerta con el plasta en brazos. Le caía un moco de la narizota. Al plasta, claro. ¡Daba **UN ASCOOO!**

—¡Ohhh!, ¡qué niño más mono...! —dijo Martita.

—**¡Hola, pequeñajo!** —lo saludó Ringo.

Yo alucinaba bombillas navideñas de muchos colores. ¿Cómo es posible que alguien encuentre *mono* al plasta? ¿A quién le puede caer simpático, a no ser que le falten diez mil tornillos?

—¡Qué ilusión! ¿Éstos son tus nuevos amiguitos, cariño? —preguntó mamá.

Y el plasta añadió, tan contento:

—¡GU!

Yo me quedé mirando a Martita y a Ringo requetemal.

A ver si iba a resultar que me había equivocado de amigos.

Mamá nos hizo la merienda. **¡Lo pasé fatal!** No por la merienda, que estaba muy rica, sino porque el plasta no paró de hacer monadas para llamar la atención.

¡Se las sabe todas, el plasta!, que ya lo dice la abu, «¡Anda con el zalamero de tu hermano: es que se las sabe todas!» Todo el rato venga decir y venga a reírse con la boca abierta de par en par para que todo el mundo pudiera ver su único diente.

Hasta que me harté y dije, con un poquitín de mal genio de nada:

—**Bueno, ¿qué? ¿Vamos ya con lo nuestro o nos quedamos merendando hasta mañana?**

Como lo dije un poco alto, el plasta se calló de golpe. Hizo un pucherito. Y después un pucherazo y…

Y entonces mamá lo cogió en brazos y se lo llevó de la cocina.

—*¡Uy, mi chiquitín! ¿Y quién te ha hecho llorar a ti?*

Yo sonreí, más feliz que un canario con una hoja de lechuga. Pero Martita y Ringo me miraban requetemal. No sé yo por qué.

—**¿Qué pasa?** —les pregunté *con la mosca en la oreja**—. **¡Pues me parece a mí que no es para tanto!**

Y añadí, con la cabeza muy alta y los brazos cruzados así, para impresionar:

—**Vamos a ir a lo nuestro, ¿vale?**

Esas palabras fueron casi mágicas. Ringo y Martita se olvidaron del plasta y me siguieron hasta el despacho de papá.

5.
Pruebas diversas

Enchufamos el ordenador y nos conectamos a Internet. Bueno, antes nos peleamos un poquito, porque todo el mundo quería toquetear el ordenador. Pero me puse muy seria y dije:

—Mi papá no quiere que ningún extraño toquetee **SU** ordenador. Así que yo toco y vosotros miráis.

Y allí se acabó la discusión.

Después de un ratillo, y gracias a las explicaciones de Ringo, que es el rey de la informática, conseguimos dar con lo que buscábamos.

Lo leímos muy lentamente, con las tres cabezas juntas sobre el ordenador, así:

«OLIMPIADAS: juegos que los antiguos griegos celebraban cada cuatro años».

—¡Ualaaa! —dije—. ¡Qué guay!

—¡Qué emocionante! —dijo Martita.

Ringo movió la cabeza como para decir que nones:

—Pero ésas no son. Ésas son las de verdad. Tenemos que buscar «OLIMPIADAS ESCOLARES».

Seguimos leyendo:

«en las llamadas OLIMPIADAS ESCOLARES las pruebas pueden ser muy "diversas"».

Ringo se rascó la cabeza y yo puse cara de «noloentiendo».

—Bueno —dijo Martita—. Así es como más emocionante aún, ¿no?

—Bueno —dije yo.

—¡Flipas! —dijo Ringo.

Y nos quedamos mucho rato hablando del sábado, de las OLIMPIADAS y de las pruebas diversas.

6.
La hora de la verdad

Y por fin llegó el sábado. ¡Uf!, menos mal. Parecía que no iba a llegar jamás de los jamases.

Mamá y papá estaban supercontentos, porque les había contado eso de la **competición**, y les parecía estupendísimo que fuera a participar en ella para ganar un ordenador y un ***pelotón**** de LIBROS para el cole nuevo.

—**¡Es fantástico!** —dijo mamá—. **Acabas de empezar y ya estás totalmente integrada y con amigos, y con ganas de hacer cosas. ¡Estoy muy orgullosa de ti, Lulú!**

Y mamá sonrió con ***satrisfacción****.

El sábado por la mañana, Ringo y Martita se presentaron en casa. Papá iba a llevarnos en coche hasta la puerta de los **Almacenes El Patito**.

Estábamos los tres tan nerviosos que no podíamos dejar de movernos. Parecía que tuviéramos pis, venga a dar saltitos en el asiento del coche. Y hablando los tres a la vez, como loros.

Papá se cansó de tanto cotorreo y puso la radio **a tope.** Y nos callamos.

Cuando llegamos ante los grandes almacenes, Ringo, Martita y yo pegamos nuestras narices a la ventanilla del coche y abrimos mucho los ojos. Así:

Allí había más niños y niñas que en el cole nuevo. Más que en el cole nuevo y en el viejo juntos. Vaya, que había tropecientos mil niños o más.

—**¡Lo flipas!** —dijo Ringo—. **¿Y todos vienen a lo mismo?**

—Me temo que sí —contestó papá.

—Pues lo tenemos chungo —dije yo.

Y, entonces, Martita gritó:

—¡Mirad, mirad! Ahí están…

Miramos hacia donde señalaba su dedo y, efectivamente, ahí estaban. O sea, ahí estaba **la Tiesa** con las gemelas, riéndose y haciéndose las chulas como si ya hubiesen ganado la OLIMPIADA.

Una rabia con burbujas, como los refrescos con gas, me subió por la garganta.

—**¡No se van a salir con la suya!**

Grité. Y aquel grito de guerra entró por las cuatro orejas de mis amigos, es decir, las dos de Ringo y las dos de Martita, que empezaron a gritar como ***enegrúmenos****:

¡A POR ELLOS!

¡A POR LA VICTORIA!

Salimos del coche corriendo y gritando. Parecía que íbamos a la guerra.

Antes de cruzar la calle, me volví para mirar a papi. Él hizo una **V** con los dedos y me guiñó un ojo.

Yo sonreí.

¡Sí! ¡Teníamos que ganar!

7.
El equipo 5

Después de esperar un rato en la cola, unos chicos y chicas muy majetes, que nos dijeron que se llamaban MONITORES, así, todos igual, que tenían que ser hermanos, digo yo, nos dividieron en grupos. Los mayores con los mayores, los canijos con los canijos. Nuestro EQUIPO era de los canijos.

—¡Buf! —suspiré—. Menos mal. Ahora ya no somos tantos.

—Sí, somos pocos, pero mira —dijo Martita señalando con un dedo—, **la Tiesa** y las gemelas están en nuestro grupo.

—¡Pues claro! —gritó Ringo—. ¿No ves que son igual de canijas que nosotros?

Uno de los hermanos MONITORES, uno con el pelo rizado como el de la seño nueva, nos puso un plástico grandote en la espalda, sujeto con un imperdible. Era de color amarillo chillón y tenía dibujado un 5. Así:

—**¡Superguay!** —gritó Ringo.

—Pues a mí me da en la nariz que el **5** nos va a traer suerte. Además, como ahora ya no podemos echarnos atrás…

Pensé que era una pena no poder echarse atrás.

—**Bueno, bueno** —dijo la **señorita MONITORES**, una que sonreía todo el rato—, **ya sabéis que ésta es una competición para escolares y que el primer premio es un ordenador que se llevará el EQUIPO que gane en la categoría de los mayores.**

—**¡Lo flipas! ¡Vale!** —gritó Ringo, mientras yo me imaginaba a *Rosi Lasecre* quitando la alfombra roja y mirándome con una sonrisilla colgada en la boca.

—¿Y nosotros…? ¿Nosotros qué vamos a ganar?

—Un magnífico lote de LIBROS PARA LA BIBLIOTECA ESCOLAR. ¿Os parece poco?

Me quedé pensándolo un ratillo. Y entonces, me acordé de esos días en que papá y mamá nos aparcan en casa de la abu, al plasta y a mí. La abu, siempre, pero siempre del todo, nos lee un cuento antes de dormir. El plasta se duerme antes de llegar al final. Pero yo no. Porque me encantan los cuentos que nos lee la abu.

Y antes de darme un beso de buenas noches, la abu cierra el libro muy despacito y lo mira como un tesoro. Y me pregunta si me ha gustado. Y cuando yo le digo que muchísimo, ella suspira y dice: «Es que donde esté un buen libro que se quiten los ordenadores».

Por eso pensé que un ***pelotón**** de LIBROS para el cole era un premio superguay. Y por eso le dije a la **señorita** MONITORES:

—No, no es poco.

Es mu-chísimo.

Y me sonrió.

8.
La ropa del revés

—Y la primera prueba va a ser...

Nuestros tres corazones empezaron a hacer **BUMBUMBUM** como tres tambores.

—¡LA ROPA DEL REVÉS! Tenéis que quitaros la ropa y volver a ponérosla, pero del revés. Tenéis tres minutos y ganaréis tantos puntos como piezas de ropa os pongáis del revés. A la una..., a las dos..., y... a las tres... ¡YA!

Sonó un pitido y el mundo se volvió loco. Loco y del revés. Ringo, Martita y yo nos habíamos quedado patitiesos, mirando cómo saltaban por los aires camisetas, jerséis, calcetines y alguna bamba.

Y así hubiéramos estado hasta el final del mundo, si no llega a ser porque Ringo pegó un grito como éste: —¡AGGGGG!

Y luego empezó a quitarse la camiseta ***a toda flecha**** mientras, con la cabeza aún dentro de la camiseta, decía algo así como…

—**¡Venja! ¿A qué ejperáis?**

El corazón me dio una voltereta y empecé a quitarme la camiseta, y los pantalones, y los calcetines. Ponía todo del revés y me lo volvía a colocar como podía. Y como no había ni sillas ni nada donde poder sentarse, tanto Ringo como yo, tan pronto estábamos de pie como sentados en el suelo.

Pero Martita no.

Martita no había movido aún ni una pestaña.

—Esto es muy ridículo —le oía decir.

—**¡Ya... ya lo tengo...!** —gritaba Ringo, mientras intentaba ponerse las bambas del revés.

—Pues yo no pienso…

Martita tuvo que callarse porque volvió a sonar el pito.

Ringo y yo nos habíamos puesto del revés todo lo que habíamos podido. Nos miramos y nos echamos a reír.

—¡Vaya pinta!

—¡Pues anda que tú…!

Pero Martita estaba como un pincel de bien puesta.

Vino el MONITORES de los ricitos y contó las piezas de ropa que llevábamos puestas del revés.

—**Una, dos... diez** —se quedó mirando a Martita—. **¿Y a ti, guapa, no te ha dado tiempo de ponerte nada del revés?**

Martita puso los ojos en blanco y no dijo ni mu.

Él se encogió de hombros y fue a sus cosas.

Luego fuimos Ringo y yo quienes miramos a Martita como si fuese un cuadro y estuviéramos a punto de colgarla en la pared.

Ringo fue a abrir la boca para decirle lo que pensaba por dentro, pero no pudo. **La Tiesa** lo interrumpió.

—¡Caramba! ¿Conque diez puntitos, no?

Miró a las gemelas.

—¿Cuántos hemos ganado nosotras, chicas?

Susana y Carlota contestaron como dos loros:

—¡Veinte!

—¡Qué pardillos!

Se dieron media vuelta y se marcharon por donde habían venido.

—¡Esto no va quedar así!

—gruñó Ringo.

—Bueno —dije yo—. Pero si Martita no quiere continuar…

—¡Sí que quiero continuar!

Puso cara como de angelito y dijo:

—Es que… es que… me ha dado vergüenza eso de ponerme la ropa del revés. ¿Me perdonáis?

—¡Choca esos cinco!

Y chocamos los quince antes de pasar a la segunda prueba.

9. Carreras de sacos

—**¡Pues lo flipas!** —se quejó Ringo—. Carreras de sacos y yo con las bambas del revés. Casi preferiría una prueba de mates.

—¡Buf! —resoplé, mordiéndome una uña.

Y es que estaba de los nervios.

Echamos a suertes los relevos. Ringo correría el primero, Martita la segunda y yo la última del todo.

Al primer pitido, los saltadores se metieron en sus sacos. A Ringo le costó un poco. Andaba como un pato y tropezaba todo el rato.

A su lado, Susana, ¿o era Carlota?, se reía y le sacaba la lengua. **¡Qué poca educación tienen algunas!**

Cuando por fin consiguió meterse en el saco, Ringo nos miró con cara de vinagre.

—¡Tú puedes! ¡Tú puedes!

—gritaba Martita.

Pero yo no estaba tan segura. En aquel momento, me parecía que teníamos la negra, como dice la abu cuando se le hace un carrerón en las medias: «Otras medias a la basura. Es que tengo la negra».

—**¡Qué nervios!** —dije otra vez, mordiéndome otra uña, porque la primera ya se me había acabado.

Sonó el segundo pitido y los sacos empezaron a dar saltitos. ¡Parecían canguros!

Ringo saltó una, dos, tres veces, y a la cuarta… se dio de narices con el suelo.

—**¡Jolineeeesss!** —gritamos Martita y yo a la vez.

Dos saltos más tarde, la que se tragó el suelo enterito fue Carlota (¿o era Susana?).

—**¡Hala!** —grité—. **A ver a quién le sacas la lengua ahora, maja.**

Pero la alegría me duró un segundo cortito, porque enseguida me di cuenta de que

el EQUIPO
de la Tiesa
había perdido,

pero el nuestro también.

—Bueno —dijo Martita—, vamos empatando.

—Sí, a cero.

Martita me miró. Yo miré a Martita. Martita y yo miramos a Ringo que aún estaba en el suelo frotándose la nariz.

—**¡Qué nervios!** —dijimos las dos.

10. Prueba superada

Iba a empezar la segunda carrera. Era el turno de Martita. Entró en su saco y nos saludó ***con una sonrisa de ceja a oreja****. A su lado Susana… o Carlota, ¡yo qué sé!, sonreía aún más y se hacía la chula. ¡Puaj!

Sonó el pito:

¡PIII...!

Los sacos empezaron a dar saltos. Martita saltaba superbién. Adelantó a un saco, a dos, a tres…

—**¡Venga Martita, que ya es tuyo!**—gritó Ringo.

De golpe y porrazo, por la derecha apareció una especie de saco de **FÓRMULA 1** y adelantó a Martita.

—¡Oh, oh…! Es Carlota.

—No, es Susana.

—Bueno, pues da igual. ¡Jo! Parece un **HURACÁN...**

Y es que no saltaba... ¡volaba!

Carlota, o Susana, que para el caso es lo mismo, cruzó la meta en primer lugar, seguida de Martita, en segundo puesto.

Martita estaba triste, pero yo no. Yo estaba supercontenta.

—Lo has hecho muy requetebién, Martita —la animé.

—Te toca a ti, Lulú Pecas —dijo ella.

Noté como si tropecientas arañas estuvieran **bailando** en mi estómago. Tragué saliva. Me despedí de mis amigos y entré en el saco aún no sé cómo, porque no sentía las piernas. ¿Se habrían ido, las muy cobardes?

Miré a los otros sacos. La Tiesa también me estaba mirando y se sonreía. Mis compis gritaban mi nombre:

—¡Lulú…! ¡Lulú…! ¡¡¡Luuu…lúúú!!!

Pitido.

Me puse a dar unos saltos que para qué. Ni yo misma en persona sabía que podía saltar tanto. Tenía los ojos clavados en la meta y los pies. Estaba ***sudando la bota gorda****.

Me puse en primera posición.

«¡Un poco más, Lulú —pensé—, falta superpoco.»

Vi una sombra a mi izquierda. Alguien estaba a punto de pasarme. Miré la sombra de reojo.

¡La Tiesa!

Y, entonces, un codazo, un empujón y…

…me tambaleé… el suelo se acercaba, se acercaba… me lo iba a comer como si fuera un sándwich de queso.

Miré a los que gritaban. Ahí estaban Ringo y Martita, y ¡papá, y mamá y el plasta! ¡Ualaaa… y la abu!

—¡¡¡Tú puedeeesss…!!! —gritaron todos menos el plasta, que no sabe.

Y pude.

Me incorporé y di un gran salto. Y otro. Y otro. Y adelanté a la Tiesa, y la dejé atrás. Muy muy atrás.

¡La prueba era nuestra!

11. Una competición muy reñida

—¡Habéis roto todos los récords!

¡Hala! Seguro segurísimo que ahora nos caía una buena encima.

Al fin me atreví a preguntar:

—¿Que hemos roto qué? Bueno… habrá sido sin querer…

La señorita «sonrisa feliz» sonrió más aún y dijo:

—No, quiero decir que habéis sido los más rápidos. Y todo gracias a ti, Lulú. Nunca había visto correr así a nadie… ¡y menos dentro de un saco!

Yo me puse más colorada que el día aquel en que al plasta se le escapó un pedete en el autobús y todo el mundo se nos quedó mirando.

—**¡Vais en segundo lugar!** —dijo la **señorita MONITORES**.

—¡Vivaaa!

Nos pusimos a bailar la danza de la lluvia. Así:

—Uala la...
Uala la la la laaa...

—...y el EQUIPO 4 va en primer lugar.

—¿Ése no es el EQUIPO de la Tiesa? —pregunté.

—Sí —dijo Martita.

Dejamos de bailar la danza de la lluvia y nos quedamos quietos como si fuéramos tres plantas dentro de una maceta.

—Bueno, eso ya no me gusta tanto... —dijo Ringo.

—**Esto está muy reñido. ¡Qué emocionante!** —dijo la **señorita** MONITORES, sonriendo como siempre; y se fue con sus papeles y sus cosas a otra parte.

Suspiramos los tres a la vez.

—Vamos a tener que poner los ***siete sentidos**** si queremos ganar.

Dos horas después ya habíamos hecho tropecientas pruebas diversas y las piernas no nos sujetaban.

Y todo seguía superemocionante, según el MONITORES de rizos y la MONITORES sonriente, porque los EQUIPOS 4 y 5 ***íbamos de cabeza****, que por lo visto es como se va cuando uno está ganando.

Sólo faltaba una prueba. La última.

—**Aún puede pasar de todo** —dijo el ricitos—. **Aunque los** EQUIPOS 4 y 5 **llevan ventaja. Depende de la última prueba... la prueba de las tres cosas.**

12.
Las tres cosas

Esta prueba nos pareció más fácil que las otras. Total, sólo teníamos que ir por todo el barrio y buscar tres cosas: **UNA MACETA CON FLORES ROJAS**, **UN BILLETE DE AUTOBÚS USADO** y **UNA BATIDORA**.

—**¡Chupado!** —gritó Ringo superfeliz.

—Pero debéis saber que está prohibido ir a casa a buscarlas. Os las tienen que dejar o bien debéis encontrarlas. Quien no lo haga así, será descalificado.

—¡Chungo! —suspiró Ringo.

Esta vez, cuando sonó el pito, salimos todos disparados como flechas.

Y seguimos corriendo un buen rato, hasta que me paré, resoplando como una locomotora, y pregunté:

—**¿Se puede saber adónde vamos?**

Ringo y Martita frenaron en seco.

—***¿Pues adónde va a ser?***—respondió Ringo—. ***A buscar las tres cosas.***

—**¿Dónde?**

¡Ja!, pero qué superlista soy… ¡Los había pillado! Ni Ringo ni Martita sabían adónde íbamos.

Puse cara de misterio, que es una cara que se pone levantando las cejas y girando los ojos a un lado y cruzando los brazos y suspirando.

Así:

—Creo que necesitamos un plan.

—Lo que necesitamos es **UNA MACETA CON FLORES ROJAS** —contestó Ringo *con la mosca en la oreja**.

—**Muy bien, listillo. ¿Y dónde vamos a encontrar una maceta con flores rojas?** —le dije yo, con una voz como de seño preguntando la tabla del seis.

—No podemos ir a nuestra casa ni nada —nos recordó Martita—. Tenemos que pedírselo a alguien.

—**¡Lo tengo!** —gritó Ringo dando saltos como si aún estuviera dentro del saco.

Martita y yo nos quedamos mirándolo.

—En la floristería... en la floristería nos lo van a dejar. ¡Lo flipas!

Y se colgó una medalla y se dio un beso.

Era la mía.

—¿Y adónde crees que deben de haber ido todos los demás grupos?

A Ringo se le cayó la medalla al suelo.

Y Martita dijo, suspirando:

—A la floristería…

—No nos dejarán **MACETAS** a todos. Sólo a los que lleguen primero.

Ringo y Martita se miraron con cara de pena, y luego me miraron a mí con cara de **«¿Y ahora qué hacemos, lista?».**

13. Flores de mentira

—Nadie ha dicho que las flores tengan que ser de verdad verdadera, ¿no?

Me volvieron a mirar, ***superintigradísimos****.

—Seguidme, porfi…

¿Os había dicho antes que soy superlista?

Al cabo de nada, salíamos de la tienda de **Pili** con **UNA MACETA** con tres amapolas rojas de papel en la mano. Éste:

Pili tiene una tienda al lado de casa y vende cosas de adorno muy monas, según mamá, y muy tontas, según papá, que en eso de comprar se pelean más que el plasta y yo. Como mamá entra tantas veces en la tienda de **Pili**, pues, de tanto verse, se han hecho muy amigas.

Por eso, cuando le pedimos prestada la maceta para la yincana, **Pili** sonrió y dijo:

—**¡Aquí lo tenéis, campeones! Es un regalo.**

Al salir a la calle, Ringo, Martita y yo chocamos esos cinco (con cuidado de no romper el tiesto).

—**¡Jo!, Lulú... ha sido una idea superguay...**

—Buenooo... Es lo que tengo. Pienso mucho, ya veis —dije yo, más inflada que el plasta cuando se come tres platos de papilla de cinco cereales.

—***Pues a por el*** **BILLETE** —dijo Martita—, ***que el tiempo vuela.***

Encontrar un **BILLETE DE AUTOBÚS** usado no fue nada dificilísimo. Sólo tuvimos que meter las narizotas dentro de cuatrocientas papeleras, ensuciarnos un poquillo las manos y… ¡listo!

—**¡Sólo nos falta una cosa!** —gritó Ringo, superemocionado.

—**La más difícil…**

Y Martita tenía más razón que un santo, como dice la abu cuando papá o mamá me regañan por cualquier cosilla de nada: «Deja, deja, Lulú, que mamá tiene más razón que un santo». Porque, nos decíamos nosotros, y os debéis de estar preguntando vosotros, ¿de dónde puede sacar uno **UNA BATIDORA** si no es de su propia casa?

Eso era chungo superchungo chunguísimo…

14. La batidora

Ya llevábamos un rato ***triturándonos la cabeza****, cuando Ringo dijo, así, como si nada:

—Mi tío tiene un bar.

Martita abrió muchísimo los ojos, tanto que casi se los rompe:

—Pues en un bar hay muchas **BATIDORAS**, ¿ no?

—Por lo menos quinientas —dije yo.

Ringo nos miró y dijo:

—Pero el **MONITORES** ha dicho que no podíamos ir a casa y…

Martita y yo dimos un salto y dijimos a la vez:

—Pero… ¿tú vives en el bar?

—Nooo…

—**¡Pues entonces!**

—Pero…

—**Ni pero ni peras** —dije yo, como dice papi cuando las cosas se ponen feas—. **¿Dónde está el bar de tu tío?**

—Buenooo… aquí mismo.

—***¡Pues vamos!***

Y fuimos. Y el tío de Ringo, que es supersimpático y estaba haciendo patatas bravas, nos dejó **UNA BATIDORA** muy chula. Ésta:

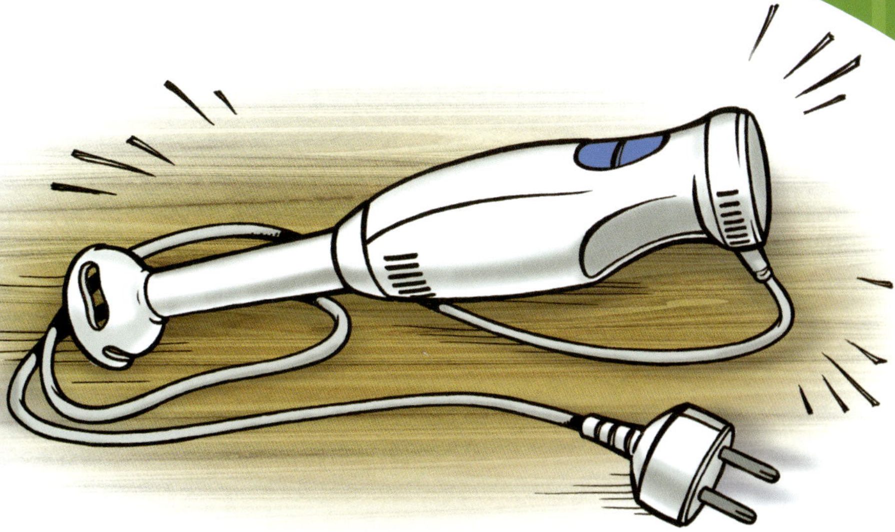

—**Ésa la uso poco. Ya me la devolveréis** —dijo—. **Y a ver si ganáis, campeones.**

Nos dio una croqueta de bacalao a cada uno y salimos del bar ***más contentos que unas castañas****. Yo con **LA MACETA** en la mano, Martita con **EL BILLETE** y Ringo con **LA BATIDORA**.

Nos miramos superfelices y echamos a correr hacia la meta.

15. Casi...

—**Bueno. Ya tenemos los resultados de cada grupo.**

MONITORES lo dijo tan de golpe que la patata frita que me estaba zampando, porque mientras esperábamos nos habían invitado a refrescos y a patatas, se me atragantó.

—¡Jo, Lulú! —dijo Ringo mirándome muy fijamente—. Te estás poniendo verde.

—Ya… ya log seg…

—**Las pruebas han estado muy reñidas.**

Pero, después de hacer el recuento, os tenemos que anunciar que el EQUIPO 5 ha obtenido 58 puntos... —continuó diciendo MONITORES.

Martita se llevó las manos a la boca; Ringo escondió la cabeza dentro de los brazos, como un avestruz, y yo me tragué la patata frita... **¡por fin, qué descanso!**

—... y el EQUIPO 4... **¡59!**.

Ganador, por un punto de diferencia..., ¡el EQUIPO 4!

Ringo, Martita y yo nos miramos sin poder creer lo que oíamos.

—**¡Jolines! No hay derecho.**

—Bueno —dijo Martita—. Casi, ¿no?

—¡Ni casi ni casa! —esto me lo acababa de inventar—. Hemos **requeteperdido.**

Marina, Carlota y Susana empezaron a saltar y a gritar como *enegrúmenas**. **¡Iban de un chuloooo...! ¡Parecían las reinas del mundo!**

—El EQUIPO 4 puede acercarse a recoger su premio. ¡Un magnífico lote de LIBROS para la escuela, chicas!

Cuando pasaron por nuestro lado, **la Tiesa** y las gemelas nos sacaron la lengua.

Pero yo no lo vi, como no miraba...

Subieron a la tarima, saludando como las artistas de cine.

—Pues qué quieres que te diga, tampoco es para tanto —dijo Ringo.

Y yo no dije nada.

Y entonces...

—¿Se puede saber con qué permiso has cogido MI batidora? ¿Y con qué hago ahora yo la mayonesa?

La mamá de **la Tiesa**, que era tan tiesa como su hija, estaba allí, aporreando el suelo con un pie y con cara de vinagre. Parecía que se iba a comer a **la Tiesa** de un momento a otro.

La Tiesa hizo:

¡GLUPS!

Ringo, Martita y yo nos miramos.

—Oh, oh...

—Bueno... eso cambia las cosas —dijo MONITORES—. Ha habido una infracción y, por tanto, el EQUIPO ganador es el...

¡el EQUIPO 5!

—¡CHOCA ESOS CINCO! —dijimos los tres a la vez, mientras a la Tiesa y a las gemelas se les ponía la cara como un semáforo, primero roja, luego naranja y, al fin, verde, de envidia cochina.

16.
Una tarde de lectura

¡UALAAA!
¡Qué lunes más superguay!

Cuando Martita, Ringo y yo entramos en clase, cargados con los LIBROS, todos los niños y las niñas de la clase se nos echaron encima.

—**¡Cómo mola!** —dijo Ringo.

—**¡Es superemocionante!** —dijo Martita.

—Parecemos artistas —dije yo.

La seño nueva pidió silencio porque la cosa ya empezaba a ***pasar de castaña oscura****.

—Venga... venga..., sentaos. Un poquitín de silencio. Como sabéis, vuestros compañeros...

La seño nueva empezó a contar de pe a pa nuestra aventura. Cómo habíamos participado en la **competición** para escolares de los **Almacenes El Patito**, y cómo habíamos hecho las pruebas y cómo habíamos ganado.

—También participaron Marina, Carlota y Susana —dijo—. Y... quedaron segundas.

Yo miré a la Tiesa de reojo. Aún estaba de color verde. Y eso que la seño nueva no había dicho ni mu de lo de la batidora, ni las llamó **tramposas** ni nada.

Luego la seño nueva gritó:

—¡Un aplauso para Lulú, Martita y Ringo, el SUPEREQUIPO!

¡Jolines!, se me hizo un ***embudo en la garganta**** así de gordo.

Esto era mucho más guay que la alfombra roja de *Rosi Lasecre*.

¡Qué chulo!

La hora del patio, Ringo se la pasó enterita contando cómo habíamos ganado la **compe-tición**. Bueno, la verdad es que lo contaba casi todo, porque lo de la carrera de sacos se le había olvidado.

—**Y entonces** —decía— **se me ocurrió lo de la batidora. Porque, claro, no podíamos ir a casa a por**

una batidora, pero el bar de mi tío... yo no vivo en el bar de mi tío, ¿no? Qué gran idea tuve, lo flipas. Y es que ya veis, yo soy así, de pensar mucho.

Y Martita y yo nos miramos y sonreímos.

La seño nos dejó toda la tarde para leer los LIBROS **que habíamos ganado**.

Pero primero nos enseñó a forrarlos para que no se estropearan, y también a hacer una ficha para poner en el fichero de la biblioteca.

¡Buf!... qué día tan **supermagnífico**. Como dice mi abu, no lo olvidaré por muchos años que viva.

Lo que dice Lulú

De repuchete: *De rechupete*, Lulú…, los macarrones de la abu están *de rechupete*.

De lomo y tomo: En realidad, os convertisteis en unos héroes *de tomo y lomo*, o sea, muy importantes.

Pelotón: Querrás decir un *montón* de libros, ¿verdad?

Autrógafos, autrógrafos: Ni lo uno ni lo otro... lo que vas a firmar son *autógrafos*.

Un disgusto de muy padre mío: Bueno, quizá lo que querías decir es que tenía *un disgusto de padre y muy señor mío*, ¿no?

Con la mosca en la oreja: Lulú, si no te importa, *con la mosca detrás de la oreja*.

Satrisfacción: Ahí te sobra una «r»; *satisfacción* está mucho mejor.

Enegrúmenos, enegrúmenas: *Energúmenos, energúmenas.* Es que es difícil la palabreja...

A toda flecha: Si es rápido, *como una flecha*, o también *a toda mecha*.

Con una sonrisa de ceja a oreja: Bueno, *Con una sonrisa de oreja a oreja* sería bastante más normal.

Sudando la bota gorda: *Sudando la gota gorda* suena mejor.

Poner los siete sentidos: Lo cierto es que, cuando hacemos algo con mucha atención, solemos *poner los cinco sentidos.*

Ir de cabeza: Cuando uno va por delante, ganando, va *en cabeza.*

Superintigradísimos: No, no, Lulú, *superintrigadísimos*, con la «r» en su sitio.

Triturándonos la cabeza: *Rompiéndonos la cabeza.* ¡Qué exageradilla eres, Lulú!

Más contentos que unas castañas: No confundas *castañas* con *castañuelas*...

Pasar de castaña oscura: ¡Y dale con las castañas! *Pasar de castaño oscuro*, mujer...

Un embudo en la garganta: Con tanta emoción lo que sentiste fue *un nudo en la garganta*, ¿no?

Notas

Lo que más me ha gustado de la historia es:

Notas

Palabras nuevas que he aprendido:

Índice

¿Conoces el resto
de mis aventuras?

En la aventura número 1...

Empiezo el curso en un cole nuevo. Y, claro, estoy supernerviosa. Porque, además, el cole esconde un secreto secretísimo...

Martita y Ringo, mis dos amigos casi amiguísimos, y yo estamos empeñados en encontrarlo.

En la aventura número 2...

El cole nuevo esconde un secreto ¡secretísimo! Las pistas aparecen en el patio, en la cocina, en la biblioteca... Pero ¿dónde está ese tesoro? Y sobre todo, ¿qué es?

En la aventura número 3...

Faltan sólo cinco días para que cumpla... ¡8 años!

He ido diciendo por ahí que voy a dar una superfiesta de cumpleaños. Pero mamá es alérgica a esa clase de fiestas... Aun así lo celebraré. Y llegarán los regalos... El más especial de todos será el de la abu: ¡una preciosa y misteriosa pulsera de colores!